L'AMANT

FEMME-DE-CHAMBRE,

COMÉDIE,

EN PROSE ET EN UN ACTE.

PAR M. DUMANIANT.

Repréſentée pour la premiere fois à Paris ſur le Théâtre du Palais-Royal, le Jeudi 8 Novembre 1787.

PRIX 24 ſols.

A PARIS,

Chez GATTEY, Libraire, au Palais Royal, N. 13 & 14.

De l'Imprimerie de P. DE LORMEL, Imprimeur de l'Académie-Royale de Muſique, rue du Foin S. Jacques.

M. DCC. LXXXVIII.

PERSONNAGES.	ACTEURS.
LA COMTESSE, *jeune veuve.*	*Mademoiselle Forest.*
LE BARON DE LISVAL.	*M. Dumaniant.*
LE MARQUIS DE LISVAL, *neveu du Baron.*	*M. S. Clair.*
MARTON.	*Mademoiselle Fiat.*
FRONTIN.	*M. Bordier.*
UN NOTAIRE.	*M. Boucher.*

La Scène se passe à la campagne chez la Comtesse.

L'AMANT

FEMME - DE - CHAMBRE.

L'AMANT

FEMME - DE - CHAMBRE,

COMÉDIE.

SCENE PREMIERE.

FRONTIN.

EN vérité c'est une vie bien agréable que celle de la campagne pour un joli homme accoutumé au train de la Capitale! Pas un billard, pas une estaminée, pas une académie de jeu, pas le moindre endroit honnête où l'on puisse décemment passer ses heures de loisir, & grace au ciel on n'en manque point dans mon état. Je sers une jeune veuve qui a la rage de s'enterrer vivante au printems de ses jours, & qui a l'inconcevable ridicule

A

de fuir les amans. La sotte maison que celle-ci! j'en sortirai. Pas d'occupations pour les amours de ma maîtresse, pas d'amour pour mon compte? C'est trop triste d'honneur. J'aimerais assez Marton, sa figure me revient; mais c'est une fille sans goût; elle n'a pas daigné s'appercevoir de mon mérite. Finette m'en dédommagerait sans doute; mais elle n'a pas le don de me plaire: c'est malheureux pour elle. Ainsi, tout calculé, puisque mon esprit & mon cœur sont ici sans occupations, je ferai sagement de me faire donner mon congé. Je te reverrai divin Paris, séjour qui convient seul aux talens distingués! Au village, le Laboureur, fier de son état, a l'audace de se croire au-dessus de nous; mais dans la Capitale nous dédaignons l'humble bourgeois. Il est notre jouet dans nos anti - chambres; nous le voyons fuir épouvanté devant les chars de nos maîtres, qui nous entraînent avec fracas. Il n'est que deux états prisés dans Paris, les grands Seigneurs & la Livrée. Tout le reste je le compte pour rien, ou pour bien peu de chose. Ah! ah! un homme céans! quelle nouveauté!

❧❀❧

SCENE II.

LE BARON, FRONTIN.

LE BRRON, *à part.*

C'EST un de fes gens. Amadouons-le,
& mettons-le dans nos intérêts.

FRONTIN, *à pàrt.*

Que veut cette vieille face ? C'eft quelqu'oncle fans doute.

LE BARON.

Mon ami, eft-il jour chez Madame la
Comteffe ?

FRONTIN.

Monfieur, je crois que oui.

LE BARON.

Pourriez - vous, mon cher, me dire fi
elle eft vifible ?

FRONTIN.

Je ne fais pas, Monfieur. (*à part.*) Ce
n'eft point un oncle, il eft trop doucereux.
Monfieur veut-il que je l'annonce ?

A 2

LE BARON.

Un moment, mon ami.

FRONTIN.

J'écoute. Je fuis à vos ordres. (*à part*)
C'eft un amoureux.

LE BARON.

Y a-t-il long-tems que vous êtes à fon
fervice ?

FRONTIN.

Six mois à-peu-près.

LE BARON.

C'eft une perfonne bien aimable ?

FRONTIN.

Il fuffit de la voir pour en être perfuadé.

LE BARON.

Eft-elle auffi douce que belle ?

FRONTIN.

Jamais elle n'a d'humeur.

LE BARON.

C'eft donc un abrégé de toutes les per-
fections humaines. Heureux qui pourra pof-
féder un pareil tréfor.

FRONTIN, *à part.*

Comme il s'échauffe!

LE BARON.

Je l'ai jugée du premier coup-d'œil.

FRONTIN.

Cela fait honneur à votre pénétration.

LE BARON.

Elle a sans doute beaucoup d'adora-
teurs?

FRONTIN.

Du tout.

LE BARON.

Du tout! Est - ce froideur en elle ou
haine de l'amour?

FRONTIN.

Ni l'un ni l'autre, à ce que je présume.

LE BARON.

Quoi donc, mon ami?

FRONTIN.

C'est qu'elle n'a trouvé personne qui
A 3

lui convint. Les jeunes gens d'à-présent sont
si volages, si trompeurs !

LE BARON.

Cela est vrai.

FRONTIN.

Mais s'il se présentait un galant homme,
comme il en est encore, je crois qu'elle re-
noncerait en sa faveur aux ennuis du veuvage.

LE BARON.

Etes-vous sûr de ce que vous dites ?

FRONTIN.

Je le parierais.

LE BARON.

Ce galant homme est tout trouvé.

FRONTIN.

Faites-nous le connaître.

LE BARON.

Vous seriez donc bien aise que votre
Maîtresse changeât d'état ?

FRONTIN.

Sans contredit ; puisqu'elle en serait plus
heureuse.

LE BARON.

Vous m'avez l'air d'un honnête garçon.

FRONTIN.

Vous êtes physionomiste. (*à part.*) Je le vois venir.

LE BARON.

Serviable.

FRONTIN.

C'est mon fort.

LE BARON.

J'adore votre Maîtresse.

FRONTIN.

Tant mieux.

LE BARON.

Je suis Seigneur du chateau voisin, riche, garçon, & par conséquent maître de mes volontés.

FRONTIN.

Oui, vous êtes majeur.

LE BARON.

J'ai vu votre maîtresse. Un coup-d'œil m'a ravi ma liberté.

FRONTIN, *à part.*

Le petit frippon!

LE BARON.

Je ne suis plus à moi. Le sommeil, le repos, l'appetit, tout m'est enlevé.

FRONTIN.

Il faut du remede à cela.

LE BARON.

J'ai dessein d'épouser votre maîtresse.

FRONTIN, *se récriant.*

Ah! Monsieur!

LE BARON.

Pourquoi ce cri?

FRONTIN.

C'est de plaisir.

LE BARON.

Tout de bon?

FRONTIN.

D'honneur.

LE BARON.

Je déshérite en sa faveur un coquin de neveu.

FRONTIN.

Vous avez un neveu ? à votre âge...

LE BARON, *fâché.*

Comment à mon âge ?

FRONTIN.

C'eſt donc le fils de votre frere aîné, ou ce neveu eſt bien jeune encore.

LE BARON *content.*

Oui, c'eſt le fils de mon aîné. Je l'avais avéc moi. Il a diſparu depuis cinq ſemaines. Sa conduite mérite une puni- tion. Je me marie pour le punir, & j'uſe d'une vengeance qui ne me laiſſera ni re- gret, ni retour pour l'ingrat.

FRONTIN.

Vivent les gens d'eſprit.

LE BARON.

J'avais craint d'abord que la diſpropor- tion de nos âges n'effarouchât votre jeune maîtreſſe.

FRONTIN.

Mais quel âge vous croyez-vous donc ?

LE BARON.

Celui que j'ai.

FRONTIN.

[Encore ?

LE BARON.

Dites ?

FRONTIN.

Trente-cinq à quarante ans.

LE BARON.

Et dix avec.

FRONTIN, *le premier mot à part.*

Et vingt avec. — D'honneur si vous ne
le disiez pas on ne pourrait le croire.

L E BARON.

C'est la vérité.

FRONTIN.

Le teint frais,

LE BARON.

Comme cela, comme cela ; mais sans la
chasse ? . . .

FRONTIN.

La jambe belle.

LE BARON.

Autrefois.

FRONTIN.

Moulée ; le corps droit.

LE BARON, *se redreſſant.*

Je ne dois donc pas craindre de déplaire.

FRONTIN.

Vous plairez , vous plairez , Monſieur.

LE BARON.

Acceptez , je vous prie , ces dix louis
d'or.

FRONTIN.

Ah ! Monſieur, je les accepte ; mais
vous allez me clore la bouche. Les véri-
tés que je pourais vous dire à préſent
auraient l'air de louanges.

LE BARON.

Je ne vous récompenſe que parce que
vous m'avez parlé en homme déſintéreſſé.

FRONTIN.

Comme vous me rendez juſtice !

LE BARON.

Cependant j'ai beſoin de votre ſecours.

FRONTIN.

Comptez ſur moi.

LE BARON.

Je viens rendre visite à la Comtesse en qualité de voisin ; quand je serai parti , parlez-lui de moi.

FRONTIN.

Il serait possible que quelques-unes de vos qualités lui échappassent.

LE BARON,

Vous m'avez compris. Les femmes ont souvent besoin qu'on les avise sur ce qu'elles doivent penser de telle ou telle personne. Faites - lui sentir adroitement qu'un homme tel que moi a tout ce qu'il faut pour faire un bon mari. Que je ne suis point jaloux.

FRONTIN.

Vous savez vivre.

LE BARON.

Que je ne compte jamais.

FRONTIN.

Vous êtes grand Seigneur.

LE BARON.

Et qu'enfin je n'aurai de volontés que les siennes.

FRONTIN.

Je vous garantis son époux avant huit

jours. Elle ferait bien difficile fi elle allait vous refufer. Un parti tel que vous
ne fe rencontre pas deux fois.

LE BARON.

Lui parlez-vous familierement !

FRONTIN.

Elle eft fi bonne ; & puis à la campagne
le défaut de fociété fait que les maitres
s'humanifent.

LE BARON.

Etes-vous bien avec fes femmes ?

FRONTIN.

Là , là.

LE BARON.

Tant pis.

FRONTIN.

Elle en a deux qui ne la quittent point.
La derniere venue, qui fe nomme Finette,
eft fort bien dans les bonnes graces de ma
Maîtreffe; & comme, amour-propre à part,
mon hommage pourra la flatter , je lui ferai la cour pour vous la gagner, & j'efpere
qu'elle fe fera un plaifir de m'obliger en
vous rendant fervice.

LE BARON.

Je ne ferai point ingrat.

FRONTIN.

A l'égard de l'autre, qui se nomme Marton, elle ne m'aime pas ; mais je la soupçonne intéressé : gliffez-lui quelque bijou, & vous en ferez votre protectrice la plus zélée. La voici à propos. Je vous laiffe avec elle. Du courage, Monfieur, vous réuffirez, j'en réponds. (*à part en sortant.*) Ma foi, j'ai bien gagné mes dix louis d'or On ne peut pas flatter un homme avec plus d'effronterie.

SCENE III.

Le BARON, FRONTIN, MARTON.

FRONTIN.

Mademoiselle, voici Monfieur qui voudrait parler à Madame la Comteffe. Il vient ici avec les meilleurs intentions du monde pour elle. Il eft jour chez Madame, daignez l'introduire. (*Il fort.*)

SCENE IV.
LE BARON, MARTON.
FAONTIN.

MADEMOISELLE?

MARTON.

Monsieur.

LE BARON.

Mademoiselle.....j'ai l'honneur de vous
saluer.

MARTON.

Monsieur, je suis votre très-humble ser-
vante. A quoi puis-je vous être bonne?

LE BARON.

Vous aimez votre maîtresse?

MARTON.

J'ai cela de commun avec tous ceux qui
la connaissent.

LE BARON.

Comme c'est bien dit?

MARTON.

Non; mais comme c'est vrai.

LL BARON.

Seriez-vous bien aise qu'elle cessât d'être veuve ?

MARTON.

C'est tout mon desir.

LE BARON.

Le veuvage est si triste ?

MARTON.

Après l'état de fille il n'en est pas de pire.

LE BARON.

Je connais un homme de mérite qui adore votre maîtresse.

MARTON, *les premiers mots à part.*

C'est lui, amusons-nous. — Le connais-je à mon tour ?

LE BARON.

Son nom est parvenu jusqu'à vous sans doute. C'est le Seignour de la terre voisine.

MARTON.

Qui ? ce vieux garçon ?

LE BARON.

Non, non, ce n'est pas du commandeur que je parle.

MARTON.

MARTON.

A la bonne heure. Il a la cinquantaine &
ne lui convient pas.

LE BARON.

Sans doute celui dont je vous entretiens
se nomme Lisval.

MARTON, *à part.*

Lisval ? -- Il ne parle pas pour son compte.

LE BARON.

En avez-vous entendu parler ?

MARTON.

Si j'en ai entendu parler ? (*à part & gai-
ment.*) C'est mon protégé.

LE BARON.

Qu'en pensez-vous ?

MARTON.

C'est un Seigneur charmant.

LE BARON.

J'en conviens.

MARTON.

Jeune.

LE BARON.

Pas des plus jeunes.

B

MARTON.

Ce n'est pas un écolier.

LE BARON.

Non, non.

MARTON.

Mais il est dans la saison des amours.

LE BARON.

Sans doute.

MARTON.

C'est lui que vous voulez proposer à ma maîtresse.

LE BARON.

Si vous pensez qu'il lui convienne.

MARTON.

Il est tout fait pour elle.

LE BARON.

Elle est toute faite pour lui.

MARTON.

Ce sera le plus joli couple !

LE BARON, *lui mettant une bague au doigt.*

Acceptez, je vous en prie, cette légere marque de ma reconnoissance.

MARTON.

Monfieur, vous vous expliquez.

LE BARON.

Je vais de ce pas rendre mes devoirs à votre belle maîtreffe.

MARTON.

N'allez pas lui parler de rien. Elle pourrait dans le premier moment être piquée du myftere que nous lui en avons fait juf-qu'à préfent.

LE BARON.

Je n'ai pas ofé m'expliquer plutôt.

MARTON.

Songez qu'elle a prefque juré de renoncer à l'amour, & fur-tout au mariage, & qu'il faut lui enlever fon cœur par furprife pour l'amener où nous voulons.

LE BARON.

Nous favons comment il faut nous y prendre. Ma premiere vifite roulera fur les complimens d'ufage. Je demanderai la permiffion de revenir ; & dans une feconde entrevue, j'entamerai la négociation.

MARTON.

L'amour & mes foins acheveront le refte.

LE BARON.

Je brûle de la contempler à mon aise. Daignez me faire annoncer.

MARTON, *appellant.*

Finette !

SCENE V.

LISVAL, *en femme ,* MARTON, LE BARON.

MARTON.

FAITES annoncer Monfieur. Votre
nom s'il vous plaît ?

LE BARON.

Vous l'oubliez fitôt ? Le Baron de Lifval.

LISVAL, *au fond de la Scene.*

Mon oncle !

MARTON.

Le Baron de Lifval ?

LE BARON.

Vous ne me confeillez donc pas de lui parler de mon amour ?

MARTON.

De votre amour? Non, non, je ne vous le conseille pas ; vous seriez fort mal venu.

LE BARON.

Je remets mes intérêts entre vos mains, & croyez que ma reconnoissance sera aussi vive, que l'amour que je ressens pour votre belle maîtresse.

SCENE VI.

MARTON.

CE quiproquo n'est pas mauvais ; mais il est précieux ce bon homme de prendre pour son compte tous les éloges que je faisais de son neveu. Ah! comme l'amour-propre nous aveugle.

SCENE VII.

MARTON, LISVAL.

LISVAL.

AH ! ma chere Marton, je viens d'avoir
une belle surprise. Heureusement que la
reconnaissance ne s'en est pas suivie. Ce
vieux Monsieur...

MARTON.

Est votre oncle, je suis-instruite.

LISVAL.

S'il m'avait reconnu ? je suis son héritier.

MARTON.

Son héritier ? Ah! ce n'est pas-là tout-
à-fait son dessein.

LISVAL.

Comment ?

MARTON.

Il est votre rival, il adore Madame, il
veut l'épouser, & je lui ai promis de le
servir dans ses amours.

LISVAL.

Tu me trahirais !

MARTON.

Il m'a donné une bague superbe.

LISVAL.

Se peut-il que l'intérêt ?

MARTON.

Ah ! vous prenez la chofe au férieux. Vos foupçons m'outragent.

LISVAL.

Tu t'accufes, & l'apparence...

MARTON.

L'apparence trompe fouvent, je viens d'en avoir la preuve. Je trouve votre oncle ici. Il me dit que Lifval adore Madame la Comteffe. Je réponds que Lifval eft charmant. Mon éloge l'enchante. Je dis tout le bien que je penfe de Lifval ; il penfe de fon côté tout le bien que j'en dis. Il demande mes fecours pour Lifval ; je les lui promets du meilleur de mon ame : je fuis tout cœur pour Lifval ; mais la différence, c'eft que je parle du neveu & qu'il parle de l'oncle. Eft-ce ma faute fi vous portez tous deux le même nom ; & fi cela eût dépendu de moi, j'aurais uni tout de fuite le vieux Lifval à la jeune Comteffe, fans être pour cela ni plus méchante, ni plus coupable.

B 4

LISVAL.

Je connais la Comtesse, & les préten-
tions de mon oncle ne m'épouvantent pas.
Sa rencontre m'a surpris. Il m'a regardé
sans me reconnaître. Il me croit à Paris
dans le sein des plaisirs, & cet acoutrement
me change assez, joint à la prévention où
il est pour que je ne craigne pas sa présence. Mais, ma chere Marton, ma position
devient à tout moment plus embarrassante
& plus cruelle.

MARTON.

En quoi donc cruelle?

LISVAL.

Je vois à chaque instant celle que j'adore.

MARTON.

C'est un bonheur pour un amant.

LISVAL.

C'est un tourment pour moi. Elle me dit
qu'elle m'aime.

MARTON.

Cet aveu vous afflige?

LISVAL.

Elle m'aime comme amie.

MARTON.

Elle l'imagine.

LISVAL.

Dans une effusion de cœur, elle m'a embrassé ce matin , Marton.

MARTON.

Et cela vous fâche ?

LISVAL.

Elle a cru embrasser une femme.

MARTON.

Et vous en êtes jaloux ?

LISVAL.

Elle me jure à tout moment qu'elle renonce pour jamais à l'amour.

MARTON.

L'amour se venge sans qu'elle s'en doute.

LISVAL.

Tu crois ?

MARTON.

J'en suis sûre. Elle ne voit pas clair dans son cœur. Elle ignore ce qui s'y passe. Un instinct secret la trompe , & la conduit malgré elle au but où nous arrivons toutes.

LISVAL.

Ah ! s'il était poffible ?

MARTON.

Allez, allez, Monfieur, une femme a beau dire, il faut qu'elle paie la dette que la nature nous impofe en naiffant. Elle ne nous donne un cœur tendre que pour aimer. Un peu plutôt, un peu plus tard, nous en paffons toujours par-là ; enfin, ou je m'y connois mal, ou le moment de Madame eſt arrivé.

LISVAL.

Je ne puis plus vivre avec elle comme je vis ; éprouver tous les feux de l'amour, & commander à fa bouche de n'employer que la froide expreffion de l'amitié ; fentir tout près de foi l'objet que l'on adore, & n'ofer le ferrer contre fon cœur, contraindre fes defirs lorfque tout les fait naître : voilà mon état. Car enfin je ferais un monftre fi j'abufais de fa douce confiance. C'eſt une colombe fans défenfe qui fe réfugie dans mon fein. Elle voulait, Marton, à toute force hier au foir que je reftaffe dans fon appartement. Un tremblement univerfel s'empare de mes fens. Je rougis, je pâlis, mes jambes fléchiffent fous moi : elle croit que je fuis incommodé. Elle paffe fes beaux bras autour de mon cou, & en cherchant à me foulager d'un mal que je n'ai pas; elle augmente celui dont je meurs à chaque instant.

MARTON.

J'avoue que votre situation est critique pour un homme de vingt ans.

LISVAL.

Marton, je n'y puis plus résister. Un jour sans doute elle me saura gré des efforts inouis que je fais pour me contraindre.

MARTON.

Ah! sans contredit celui qui respecte sa maîtresse fait être bon mari, & l'épouse tendre vous dédommagera des maux que vous fait souffrir l'amante qui l'ignore.

LISVAL

Il faut me découvrir; mais cet aveu est difficile.

MARTON.

Il faut qu'il naisse d'une circonstance.

LISVAL.

Elle me montre tant de répugnance pour un nouvel engagement.

MARTON.

Il n'y en aura plus, lorsqu'elle saura qui vous êtes.

LISVAL.

Son premier époux l'a rendue malheu-
reuse.

MARTON.

Pouvait-ce être autrement. Il était vieux,
avare & jaloux.

LISVAL.

Ah ! si elle savait que je ne veux vivre
que pour son bonheur, que je n'aurai de
volontés que les siennes, que ses moindres
desirs seront mes loix ; elle ne redouterait
pas un lieu où je ferai disparaître les droits
de l'époux que pour ne laisser voir que
les attentions de l'amant le plus passionné.

MARTON.

Ils parlent tous de même, & c'est avec
ce langage qu'ils nous séduisent & nous
enchaînent.

LISVAL.

Ah ! je ne changerai jamais.

SCENE VIII.

MARTON, LA COMTESSE, LISVAL.

LA COMTESSE.

VOUS savez, Marton, que je ne reçois personne. Pourquoi avez-vous dit au Baron que j'étais visible ?

MARTON.

C'est Finette, Madame, qui a commis cette indiscrétion. (*à part.*) Elle ne grondera pas Finette.

LA COMTESSE.

Finette est encore nouvelle dans ma maison.

MARTON.

Elle connaît mieux que moi votre façon de penser à cet égard.

LA COMTESSE.

Elle connaît mieux ? Vous voilà avec vos jalousies ordinaires contre cette fille ? Ne dirait-on pas que j'ai des préférences pour elle ? En vérité les domestiques sont bien injustes! son service m'est agréable, je

la traite avec douceur parce qu'elle le mérite ; mais n'en ufé-je pas de même avec
vous ? Faut-il pour vous obliger que je
la maltraite parce qu'elle eft moins an-
cienne que vous dans la maifon ? Des cir-
conftances malheureufes l'ont forcée de
prendre un état pour lequel elle n'était
pas née. Son éducation la trahit malgré fa
réferve, n'eft-elle pas affez à plaindre d'ê-
tre réduite à fervir pour que je ne me faffe
pas un devoir d'adoucir fa condition.

LISVAL.

Madame, je fens chaque jour davantage
le prix de vos bontés pour moi. Daignez
me pardonner une faute involontaire.

LA COMTESSE.

Je crains les nouvelles connaiffances &
voilà tout. D'ailleurs le Baron de Lifval
a l'air d'être de bonne fociété.

MARTON.

J'ai toujours defiré de vous voir liée avec
lui.

LA COMTESSE.

Il eft un de ces hommes qui mettent
les gens à leur aife en s'y mettant eux-
mêmes. Il m'a parlé avec ce ton d'amitié
& d'intérêt.

LISVAL.

Que vous inspirez à tout le monde.

LA COMTESSE.

Vous me flattez, Finette.

MARTON.

Oh ! non. Madame , quand vous êtes absente Finette ne cesse de m'entretenir de vous. Jamais maîtresse ne fut plus aimée que vous l'êtes.... de Finette.

LA COMTESSE.

Voilà qui me raccommode avec vous , Marton , je croyais que vous haïssiez cette fille.

MARTON.

Moi, Madame ? eh ! pourquoi ? c'est moi qui vous l'ai donnée , & quand vous connaîtrez toutes ses qualités ; combien elle désire votre bonheur & ce qu'elle ferait si cela dépendait d'elle pour le hâter : vous me remercieriez bien davantage d'avoir su l'introduire auprès de vous.

LA COMTESSE.

Vous ne sauriez croire le plaisir que vous me faites en parlant ainsi. Il est si doux de voir régner la concorde au sein de sa maison, & de ne rassembler autour de foi que des perfonnes qui s'aiment. Les grandes haines naiffent fouvent des moindres tracafferies ; il fuffit d'un rien pour altérer le bonheur. Ce n'eft que chez foi que l'on le trouve. Je n'ai plus de famille, de parens, je fuis ifolée, & je ferais malheureufe fi tous ceux qui m'entourent ne concourraient pas à conferver cette paix ; cette tranquillité pour laquelle j'ai fui le monde & fes vains amufemens.

M A R T O N.

Vous ne voulez donc recevoir perfonne.

LA COMTESSE.

Je ne fuis pas ridiculé, j'ai des amis.

M A R T O N.

De l'âge du Baron de Lifval ?

LA COMTESSE.

Je l'ai retenu à dîner. Il eft venu fort à propos pour me rendre fervice. Mon Notaire, que j'avais prié de venir ici, m'a apporté les papiers que je lui avais demandés. Il m'entretenait d'un objet litigieux où j'entendais peu de chofe ; l'obligeant Baron, qui eft au fait des affaires, a bien voulu difcuter mes intérêts, & je les ai laiffés enfemble.

M A R T O N.

Si vous recevez le Baron, vous ne pourrez

rez pas vous difpenfer de recevoir auffi fon neveu?

LA COMTESSE.

Oh ! pour celui-là, non. Son oncle ne m'en a dit qu'un mot, & ce mot fuffit pour qu'il ne m'en veuille pas de le prier inftamment de ne me jamais conduire fon neveu.

MARTON.

Ah ! Madame, fi vous connaiffiez le jeune Marquis de Lifval, vous ne vous préviendriez pas ainfi contre lui. Ne favez-vous pas comme font tous ces oncles chagrins & grondeurs, qui oublient qu'ils ont été jeunes, qui font des crimes des chofes les plus innocentes, & qui ne peuvent fe difpenfer d'éprouver un fentiment de jaloufie contre un pauvre héritier, qui, fans le vouloir, les avertit de leur retraite, & qui n'a enfin d'autre tort que celui d'être né cinquante ans après eux.

LA COMTESSE.

Vous embraffez chaudement les intérêts de ce neveu.

MARTON.

C'eft, Madame, qu'il mérite qu'on s'intéreffe à lui. Demandez, demandez à Mademoifelle Finette.

C

LA COMTESSE.

Vous le connaissez, Finette ?

LISVAL.

Oui, Madame.

LA COMTESSE.

Est-ce un aussi mauvais sujet que le dit son oncle ?

LISVAL.

Madame.

LA COMTESSE.

Finette rougit, baisse les yeux, son cœur est honnête, & son silence me prouve que l'oncle n'a pas tant de tort de lui en vouloir.

MARTON.

A ça, Mademoiselle Finette, je ne suis pas plus payée que vous, je crois, pour dire du bien du Marquis de Lisval ? N'est-il pas vrai que si par hasard Madame voulait contracter de nouveaux nœuds, il n'est aucun homme qui lui convînt mieux, & qui l'aimât davantage : vous le connaissez, je m'en rapporte à vous ; mais répondez donc, Mademoiselle Finette ?

LISVAL.

S'il était assez heureux pour voir agréer son

hommage, chacuns de ses jours seraient em-
ployés à faire le bonheur de mon aimable
maîtresse. Eh ! qui pourrait-il aimer qui fût
plus digne qu’elle, de mériter tous les
vœux de son cœur.

LA COMTESSE.

Il y a là-dessous quelque chose qui n’est
pas naturel, & vous avez toutes les deux
vos raisons pour me parler avec tant d’é-
loge de ce jeune homme que je ne veux
point voir, & que je ne verrai point.

MARTON.

Je n’ai d’autre raison que le desir de vous
voir heureuse. Lisval est précisément l’é-
poux qui vous convient. Vous êtes géné-
reuse, il est bienfaisant. Vous êtes belle,
c’est un cavalier charmant. Vous êtes au
primtems de vos jours, il est à la fleur des
siens. Fortune, naissance, caractere, esprit,
talens, inclinations, humeur, tout vous
assortit ; & si vous n’êtes pas unis l’un à
l’autre, vous manquerez l’un & l’autre votre bonheur.

LA COMTESSE.

Vous le protégez avec une chaleur qui
m’est suspecte. Et vous, Finette, êtes-vous
également prévenue en sa faveur ?

LISVAL.

Je craindrais de vous déplaire, en vous

parlant d'après les vœux que je crois pou-
voir former pour votre félicité.

LA COMTESSE.

Parlez, je vous l'ordonne; mais parlez-
moi comme à votre amie.

LISVAL.

Je ne pense pas autant de bien du Marquis de Lisval que Mademoiselle Marton;
mais je connais les sentimens du Marquis:
je sais qu'il vous adore.

LA COMTESSE.

Il vous a donc prise pour sa confidente?

MARTON.

Il lui a tout dit.

LA COMTESSE.

Et vous me verriez avec plaisir l'épouse
de Lisval?

LISVAL.

Le ton avec lequel vous me faites cette
question m'impose silence. Je vois avec
douleur que vous haïssez Lisval sans le
connaître. Tout son crime cependant est de
vous aimer. Ne craignez plus aucune démarche indiscrette de sa part. Instruit de
vos sentimens, il saura renfermer ses feux.
Il pourra mourir de son amour ; mais il

n'offensera jamais par un aveu téméraire celle qu'il a juré de respecter toute sa vie.

LA COMTESSE.

Si quelqu'un pouvait m'intéresser en sa faveur, vous êtes peut-être la seule à qui je puisse permettre de m'en entretenir. Je ne vous défends pas ; mais je vous prie de ne me plus parler de lui, ni d'aucun autre homme. Vous avez lu dans mon cœur, Finette, vous savez qu'heureuse dans ma retraite, l'étude & l'amitié suffisent à mon repos.

LISVAL.

Ah ! Madame, l'étude & l'amitié peuvent occuper le cœur ; mais ne le remplissent jamais. C'est avec un époux tendre & toujours fidele, qu'une jeune femme peut jouir d'une paix sans mêlange. C'est des épanchemens d'une union intime qu'elle peut seulement naître. On s'abuse soi-même quand on veut trouver le bonheur où il n'est pas. Une sollicitude secrette nous mene insensiblement à le chercher où il est, & où la nature, qui ne nous trompe jamais, a voulu qu'il existât pour tous les êtres & dans tous les tems.

LA COMTESSE, *avec sévérité.*

Mademoiselle, chacun a sa manière de voir & de sentir. Je devine aisément qu'il vous faut plus que de l'amitié ; vous ne trouveriez pas (à ce que je préfume) dans ma maifon ce qui manque pour vous rendre heureufe , & vous êtes libre de vous retirer dès aujourd'hui.

LISVAL.

Madame.

LA COMTESSE, *avec bonté.*

Soyez fans inquiétude fur votre fort ; mes bienfaits vous fuivront par-tout.

SCENE IX.

MARTON, LISVAL.

LISVAL.

EH bien ! Marton.

MARTON.

Eh bien ! Monfieur ? .... Madame en tient.

LISVAL.

Elle me chaffe.

MARTON.

Elle ferait bien fâchée de vous voir par- tir. La pauvre femme n'eft pas du tout à ſon aiſe. Elle donnerait beaucoup pour ſavoir auſſi-bien que moi ce qui ſe paſſe dans ſon cœur. O nature ! nature ! on ne t'en impoſe pas.

LISVAL.

Oh ! ſi j'étais aſſez heureux ?

MARTON.

Vous êtes aimé, vous dis-je. Il eſt mille nuances que vous autres hommes ne ſavez pas ſaiſir, & qui n'échappent jamais à l'œil clairvoyant d'une femme Soyez ſans inquié-tude, je vais faire votre paix avec elle. L'inſtant eſt arrivé où vous pouvez vous découvrir, ſans craindre ni ſon courroux, ni même ſes reproches.

LISVAL.

S'il était poſſible ?

MARTON.

Allez, allez, je connais mon ſexe. Les extravagances qu'on fait pour nous, peuvent nous étonner quelquefois ; mais ne nous offenſent jamais ſincérement.

C 4

SCENE X.

LISVAL, FRONTIN.

FRONTIN, *à part.*

Bon ! Marton s'élbigne, faisissons l'instant pour parler à Finette.

LISVAL, *à lui-même*

Marton a beau dire, je ne me sens pas
rassuré.

FRONTIN.

Serviteur à Mademoiselle Finette.

LISVAL, *à part.*

Que me veut ce faquin ?

FRONTIN.

Mademoiselle, depuis que l'on a le bonheur de vous posséder dans cette maison,
il est impossible de se procurer un quart-
d'heure de conversation avec vous.

LISVAL.

Pardon Monsieur, je n'aime point à cau-
ser.

FRONTIN.

C'eſt une qualité de plus. Une bavarde
eſt une choſe inſupportable.

LISVAL.

Un bavard n'eſt pas moins ennuyeux, &
je vous laiſſe.

FRONTIN.

Vous êtes impolie.

LISVAL.

Je ſuis vrai.

FRONTIN.

L'un revient quelquefois à l'autre.

LISVAL.

Tant pis pour ceux que la vérité offenſe.

FRONTIN.

Vous êtes jolie, Mademoiſelle.

LISVAL.

Vous êtes en vérité bien honnête, &
je ne m'attendais point à ce compliment.

FRONTIN.

C'eſt que je ſuis poli & vrai, moi. Je vous
aime à la folie. (*à part.*) Comme c'eſt men-
tir.

LISVAL.

Ah ! ah ! j'ai fait la conquête de Monsieur Frontin !

FRONTIN.

Quel air vous prenez ! Est-ce que vous
ne m'aimeriez pas par hasard ? Là, regardez-
moi bien.

LISVAL.

Je vous regarde.

FRONTIN.

Hé bien ?

LISVAL.

Vous me faites pitié.

FRONTIN, *à part.*

Quelle singuliere fille. Est-ce qu'elle
la vue basse ?

LISVAL.

Bon soir.

FRONTIN.

Un mot.

LISVAL.

Vous m'impatientez.

FRONTIN.

C'eſt pour votre intérêt que j'ai à vous parler.

LISVAL.

Pour mon intérêt ?

FRONTIN.

Vous aimez Madame la Comteſſe ?

LISVAL.

Qui vous l'a dit ?

FRONTIN.

Qui me l'a dit ? Tout. Vos attentions pour elle ; mais elle vous le rend bien.

LISVAL.

Que vous importe ?

FRONTIN.

Comme vous me répondez.

LISVAL.

Comme je m'inquiette peu de ce que vous faites, je vous prie d'avoir la même indifférence pour tout ce qui me regarde.

FRONTIN.

Vous ne m'entendez pas. Je ne suis point
jaloux de l'amitié que Madame vous té-
moigne ; mais je veux vous aider à la gagner tout-à-fait.

LISVAL.

Expliquez-vous.

FRONTIN.

Vous vous radouciffez.

LISVAL.

Qu'avez-vous à me dire ?

FRONTIN.

Madame eft veuve.

LISVAL.

Je le fais.

FRONTIN.

Un mari lui conviendrait à ravir.

LISVAL.

Après.

FRONTIN.

J'en ai un tout trouvé pour elle.

LISVAL.

Il se nomme ?

FRONTIN.

Lisval.

LISVAL.

Lisval ? vous êtes donc instruit ?

FRONTIN.

C'est à moi qu'il s'est adressé.

LISVAL.

C'est à vous qu'il s'est adressé. Vous êtes un imposteur : jamais le Marquis de Lisval ne vous a parlé.

FRONTIN.

Je ne vous parle pas du Marquis de Lisval. C'est un petit libertin qui sera déshérité je l'espere. Je parle de l'oncle.

LISVAL.

Ah ! ah !

FRONTIN.

Il m'a donné dix louis d'or pour le servir. Il se charge de votre fortune & de la mienne, si nous réussissons à déterminer Madame.

LISVAL, *à part.*

Ce maraud mériterait.

FRONTIN.

Avoue, mon enfant, que malgré a fierté, la récompense te séduit. Tiens, le Notaire est ici : emploie ton éloquence à faire accepter le Baron par Madame ; notre contrat se fera à l'ombre du sien.

LISVAL, *à part,*

Il me prend une démangeaison de rosser ce drôle.

FRONTIN (*prend le Marquis à bras le corps pour l'embrasser.*)

Allons, allons friponne, cesse de faire la cruelle.

LISVAL, *lui donnant un soufflet.*

Insolent !

FRONTIN, *se reculant.*

Tu dieu, Mademoiselle, pour une fille bien élevée, vous avez la main diablement lourde.

LISVAL.

Maraud !

FRONTIN.

Mais, Mademoifelle, il ne faudrait pas
y revenir, entendez vous.

LISVAL, *va à lui, le prend par le collet.*

Ventre bleu ! ceffe tes propos, ou je te
traite comme tu le mérites.

SCENE XI.

FRONTIN.

CETTE fille a dans fes manieres une
rufticité qui me déf>riente. La vigueur de
ce fouflet, fa haine pour moi, ce ventre
bleu fi rondement prononcé... Tout cela
me fait naître des foupçons. Ce n'eft point
une femme. Certains mots échappés, &
que je me rappelle... Son intimité avec
Marton ? Ce n'eft point une femme. Ah !
mon petit Monfieur, vous me paierez l'ou-
trage que vous m'avez fait. Pour le compte
de qui eft-il ici ? Eft-ce pour Marton ? Eft-
ce pour Madame ? Qu'importe. S'il eft
céans pour le compte de Marton, on les
mettra tous les deux à la porte, & je les
verrai remplacés par des femmes-de-cham-

bres qui auront du moins des yeux. Si,
comme il y a lieu de le croire, il est ici pour
le compte de Madame, je le ferai repen-
tir d'intriguer sans me mettre de la partie ;
& d'une ou d'autre maniere, j'aurai le plaisir de me venger de son indigne conduite
envers moi. Bon ! voici Madame fort à
propos,

SCENE XII.

LA COMTESSE, FRONTIN.

FRONTIN.

AH ! Madame, je viens vous donner
l'avis le plus important.

LA COMTESSE.

Que veut dire cet air effaré ?

FRONTIN.

Il n'y a plus de bonne foi, plus d'honneur, plus de probité dans le monde.

LA COMTESSE.

Point de préambule.

FRONTIN.

On vous trompe, on vous trahit.

LA

LA COMTESSE.

Qui me trahit ?

FRONTIN.

Un traitre s'est glissé dans votre maison.

LA COMTESSE.

Je suis sûre de tous mes gens. Pourquoi vouloir me donner des soupçons sur leur compte ?

FRONTIN.

Vous êtes sûre ? Et cette demoiselle Finette, si hypocrite en votre présence, si hardie quand vous n'y êtes pas.

LA COMTESSE.

Qu'a-t-elle donc fait ?

FRONTIN.

Il vient de me donner le plus beau souflet.

LA COMTESSE.

Il vient de vous donner ? De qui parlez-vous ?

FRONTIN.

De Finette, de lui.

D

LA COMTESSE.

De lui? Vous êtes fou.

FRONTIN.

Oui, Madame, de lui.

LA COMTESSE.

D'elle, dites donc.

FRONTIN.

Ah! Madame, ce n'est point une *elle*, c'est un *lui*.

LA COMTESSE.

Expliquez-vous mieux?

FRONTIN.

Finette est un homme.

LA COMTESSE.

Finette est un homme! Qui vous l'a dit?

FRONTIN.

D'abord Marton & lui, Finette, sont intimes, & deux femmes ne s'aiment pas comme cela.

LA COMTESSE.

Sont-ce-là toutes vos preuves?

FRONTIN.

Finette m'en a donné une fenfible , & jamais main de femme n'appliqua un fouflet fi bien conditionné.

LA COMTESSE.

Il fallait que vous l'euffiez mérité. C'eft la douceur même.

FRONTIN.

La pefte ! quelle douceur ! c'eft que Monfieur Finette jure outre cela.

LA COMTESSE.

Jure ?

FRONTIN.

Comme un grenadier.

LA COMTESSE.

Vous m'étonnez. Et qui fuppofez-vous qui ait pu le déterminer à ce déguifement ?

FRONTIN.

J'aurais d'abord penfé que c'eft à Marton qu'il en veut, fi fon fouflet ne m'eût perfuadé qu'il fe pourrait bien que Madame entrât pour quelque chofe dans fon traveftiffement.

D 2

LA COMTESSE.

Moi? Qui vous le fait croire?

FRONTIN.

Sa jalousie.

LA COMTESSE.

Sa jalousie?

FRONTIN.

Oui, Madame, sa jalousie. Vous savez que le Baron de Lisval est amoureux de vous.

LA COMTESSE.

Je sais cela?

FRONTIN.

Il n'en fait pas un mystère. Il m'avait prié de parler pour lui; mais je ne suis pas fait pour me charger de pareille commission. Si j'avais cru que Madame eût voulu se remarier, j'aurais peut-être pu faire remarquer à Madame que le Baron de Lisval a bien des qualités, qu'il est d'abord riche & très-vieux.

LA COMTESSE.

Monsieur Frontin!

FRONTIN.

Mais je connais votre répugnance pour
de nouveaux engagemens, & je lui ai net-
tement dit qu'il n'avait rien à espérer.

LA COMTESSE.

Et vous avez fort bien fait ; mais quel
rapport tout ceci a-t-il avec Finette?

FRONTIN.

Quel rapport? Le voici. J'ai trouvé là
ce Finette. Je lui ai parlé en l'air des des-
seins du Baron. Je n'ai pas plutôt eu ou-
vert la bouche de cela, qu'il est entré
dans une fureur inconcevable. Il m'a sauté
à la gorge, je me suis dépétré de ses mains
comme j'ai pu ; mais pas assez lestement
pour éviter le soufflet dont j'ai déja eu
l'honneur de vous dire qu'il m'a gratifié.

LA COMTESSE.

Est-ce tout ?

FRONTIN.

Je vous fais grace des sotises énergiques
dont il m'a affublé. Si pourtant Madame
en exigeait un récit fidele ?...

LA COMTESSE.

C'est bon. Faites venir Finette,

FRONTIN.

Oui, je vais vous envoyer ce petit Monfieur là. Vous allez fans doute lui donner
fon congé pour le punir de manquer auffi
effentiellement aux égards qu'on doit à
une perfonne de votre rang. Si la chofe
s'ébruitait, fongez aux propos fcandaleux...

LA COMTESSE.

Finiffez vos remarques. De la difcrétion,
ou je vous chaffe.

FRONTIN.

Oui, Madame. (*à part.*) J'ai fon fe-
cret, on me paiera mon filence.

SCENE XIII.

LA COMTESSE.

CETTE Finette, pour qui je me sentais une amitié si tendre, ne serait qu'un amant déguisé ? L'inconséquence de sa conduite pourrait donner lieu aux interprétations les plus malignes. Les discours de Frontin me font pressentir ceux du public. Mais ce Frontin est un mauvais sujet, jaloux, comme la plupart des domestiques, d'une préférence méritée. Son récit était orné de circonstances qui ne peuvent être vraies... Cependant si Finette n'était pas ce qu'elle paraît être à mes yeux! Ah ! Frontin s'est trompé dans ses conjectures. Finette me parlait encore ce matin en faveur du Marquis de Lisval ; & si Finette était un homme, que cet homme eût de l'amour pour moi, il ne s'intéresserait pas au bonheur d'un rival. Mais ne serait-ce pas le Marquis de Lisval lui-même ? Son absence de chez son oncle, qui se rapporte à l'époque de l'entrée de Finette dans ma maison... je ne sais que penser ? Il faut que ce jeune homme soit bien étourdi, ou qu'il ait bien de l'amour... je dois éclaircir ce mystere... Le voici: je vais le mettre à une épreuve qui lui arrachera son secret.

D 4

SCENE XIV.

LA COMTESSE, LISVAL.

LISVAL.

MADAME, on m'a dit que vous me demandiez ?

LA COMTESSE.

Finette, vous êtes mon amie.

LISVAL.

Les sentimens que je vous ai voués ne finiront qu'avec ma vie.

LA COMTESSE.

Vous avez vu chez moi le Baron de Lisval.

SCENE XV.

LE BARON, *dans le fond*; LA COMTESSE,
LISVAL.

LE BRRON, *à part.*

ON parle de moi. Ecoutons.

LISVAL.

Oui, Madame.

LA COMTESSE.

Il a l'air d'un galant homme.

LE BARON, *à part.*

Sans doute.

LISVAL.

Madame, ce n'eſt pas à moi à le juger.

LA COMTESSE.

Il me recherche en mariage.

LE BARON, *à part.*

Frontin a parlé, bon !

LISVAL.

Je n'en favais rien, Madame.

LA COMTESSE.

Pardonnez-moi. Frontin vous a parlé de fa part, & vous avez fort mal reçu fa pro-pofition.

LISVAL.

Moi, Madame ?

LA COMTESSE.

Frontin ajoute même que vous l'avez maltraité. J'ai reçu fes plaintes.

LISVAL.

Monfieur Frontin a voulu prendre avec moi de certaines libertés, & j'ai cru pou-voir lui impofer filence.

LA COMTESSE.

Je n'en fuis pas fur cet article; vos démêlés avec Monfieur Frontin ne m'in-quietent point ; mais je trouve fort mau-vais que vous vous déclariez contre un homme que j'eftime.

LE BARON, *à part.*

Elle a raifon.

LISVAL.

C'eſt que j'ai cru que le Baron de Liſval ne vous convenait pas.

LE BARON, *à part.*

Voyez un peu l'impertinence!

LA COMTESSE.

Et pourquoi ne me conviendrait-il pas?

LISVAL.

Son âge d'abord ſi différent du vôtre.

LA COMTESSE.

Mais le Baron de Liſval eſt jeune encore.

LE BARON, *à part.*

Eh! mais….

LA COMTESSE.

Il eſt aimable.

LE BARON, *à part.*

Belle Comteſſe!

LA COMTESSE.

Plein d'eſprit, & je crois qu'une femme

ne pourrait qu'être parfaitement heureuſe
avec lui.

LE BARON, *à part & enchanté.*

Ah ! oui, oui, oui.

LA COMTESSE.

Mon Notaire eſt ici fort à propos. Je
ferai en ſorte que le Baron s'explique , &
j'accepte ſes propoſitions dès aujourd'hui.

LE BARON, *à part.*

Allons vîte faire dreſſer le contrat pour
qu'elle n'ait plus qu'à ſigner.

─────────────────────

SCENE XVI.

LA COMTESSE, LISVAL.

LA COMTESSE.

VOUS ne répondez rien, Finette ?

LISVAL.

Madame....

LA COMTESSE.

Parlez ; mon bonheur prochain vous af-
flige-t-il ?

LISVAL.

Madame…

LA COMTESSE.

Que signifie cet air triste?

LISVAL.

Eh ! Madame, comment ne le serais-je pas ? Cet instant décide du malheur de ma vie entiere.

LA COMTESSE.

Qu'a donc de si affreux pour vous mon himen avec le Baron ?

LISVAL.

Il n'est plus tems de feindre. Je suis coupable envers vous, Madame ; mais mon désespoir expiera mes torts. Je ne suis point ce que vous m'avez cru. Vous voyez sous les habits d'une femme l'amant le plus tendre qui fût jamais.

LA COMTESSE, *les premiers mots, à part.*

Qu'entends-je ? Il est donc vrai. — Vous m'aimez, Monsieur, & vous n'avez pas craint de compromettre ma réputation par une démarche aussi hasardée ?

LISVAL.

Un seul regard décida de mon sort ; je vous vis, & je vous adorai. Tout accès était interdit auprès de vous. Il ne me restait que ce moyen pour vous voir, vous entendre, & j'osai l'employer. Ne croyez pas que j'aie jamais nourri dans mon cœur aucun espoir criminel ; je n'ambitionnais d'autre félicité que celle de respirer le même air que vous. Rappellez - vous que jamais vous n'avez eu lieu de vous plaindre de mes procédés. Mon respect égalait mon amour. Je serais mort plutôt que de vous déplaire. Hélas ! j'ai eu le bonheur de vous intéresser comme amie ; vous avez souvent daigné me donner ce nom, & vous allez m'accabler de votre haine pour me punir d'avoir trop écouté mon amour. Vous ne verrez que mes torts, & je me rappellerai toujours cette bonté si touchante, ces vertus si douces qui vous font adorer de tout ce qui vous approche. J'irai loin de vos yeux mourir de douleur de vous savoir entre les bras d'un autre, & du regret affreux d'avoir pu vous déplaire.

LA COMTESSE.

Votre imprudence est inexcusable. Elle pourrait m'exposer à des bruits injurieux si quelqu'un vous eût reconnu. Heureusement ce malheur n'est point arrivé. C'est à vous à ensevelir cette aventure dans un éternel oubli.

LISVAL.

Ah ! Madame, celui qui vous aime une fois, doit vous respecter toute sa vie. Ce n'est point à vous à souffrir de mon étourderie, j'en dois porter seul la juste punition.

SCENE XVII.

MARTON, LA COMTESSE, LISVAL.

MARTON *entre très-vîte.*

DOIS-JE croire ce qu'on vient de m'apprendre ? Le Baron de Lisval...

LISVAL.

Ah ! ma chere Marton, tout est connu. Elle me chasse, elle épouse mon oncle.

LA COMTESSE.

Vous êtes le Marquis de Lisval ? Je ne m'étonne plus, Mademoiselle Marton, du bien que vous ne cessiez de m'en dire.

MARTON.

Avouez qu'il le mérite ; mais puisque vous épousez l'oncle, je vois bien qu'il faut que Monsieur prenne son parti, & que je fasse mon paquet.

LA COMTESSE.

Je n'épouse pas le Baron de Lisval.

LISVAL.

Quoi, Madame ? Eh ! c'est vous qui me l'avez dit.

LA COMTESSE.

C'était une épreuve pour vous arracher votre secret.

MARTON.

Vous n'aviez pas besoin de cette épreuve. L'amour allait faire parler Monsieur ; il n'y tenait plus, & moi, le silence me suffoquait. J'allais tout vous déclarer par l'excès d'amitié que je vous porte.

LA COMTESSE.

C'était en ne vous mêlant pas d'une pareille intrigue que vous deviez me prouver votre attachement. Monsieur voudra bien, en s'éloignant dès aujourd'hui, faire

cesser

ceſſer les ſoupçons auxquels la légéreté de ſa conduite aura peut-être donné lieu.

LISVAL.

Oui, Madame, je m'éloignerai. Je pars le plus malheureux des hommes, je pars accablé de votre haine, que je n'ai que trop méritée. (*Il va pour ſortir.*)

LA COMTESSE, *vivement & ſe reprenant.*

Je... je ne vous hais pas, Monſieur.

MARTON, *à part.*

Il ne partira pas. (*d'un ton affecté.*) Je vois, Madame, que vous allez auſſi me donner mon congé. Je ſens toute l'énormité de ma faute. On ſait déja dans la maiſon que vous avez eu auprès de vous pendant cinq ſemaines un amant traveſti. C'eſt Frontin qui raconte la choſe, & qui la donne ſous le ſecret à tous les domeſtiques. On chuchotte ; cela va s'ébruiter. Ce Frontin eſt bien le plus mauvais ſujet... C'eſt une langue de vipère, un eſprit inventif, il brodera le roman. Vous ſavez combien l'on eſt méchant dans le monde ; on accueillera ſes récits, on renchérira par-deſſus, & avec les meilleures intentions du monde, j'aurai à me reprocher d'avoir fait le malheur de ma chere maîtreſſe.

E

LA COMTESSE.

Vous m'épouvantez, Marton. Il ne sert donc à rien d'avoir des principes & de la vertu ! voilà, Monsieur, le fruit de votre imprudence.

LISVAL.

Votre douleur me pénétre. Vous m'accablez par vos reproches ; mais, Madame, ne craignez rien de l'indiscrétion de Frontin. Je saurai le forcer au silence.

MARTON.

Il parlera, Monsieur, il parlera. On ne fait pas taire un bavard ; mais si Madame voulait il y aurait un moyen tout simple de clore la bouche aux méchants.

LA COMTESSE.

Parle ma chere Marton.

MARTON.

Je sens Madame que ce moyen vous coûtera.

LA COMTESSE.

Quel est-il enfin ?

MARTON.

Ce serait d'épouser Monsieur.

LA COMTESSE.

Marton !

MARTON.

Je ne vous dirai pas pour vous déterminer qu'il vous adore, que vous ferez
avec lui la plus heureufe des femmes.
Ces confidérations ne fe comptent pour
rien aujourd'hui, lorfqu'il s'agit d'un mariage ; mais fongez à votre réputation !
vous faites taire la calomnie & l'étourderie de Monfieur, qui va retomber fur vous
fi vous le refufez, devient en l'époufant
une rufe d'amour innocente & permife.

LISVAL.

Ma belle Comteffe !

MARTON.

Que l'intérêt de votre gloire vous touche
en fa faveur.

SCENE XVIII & derniere.

MARTON, LE BARON, LA COMTESSE, LISVAL, LE NOTAIRE, FRONTIN.

LE NOTAIRE (*au Baron en entrant sur la Scene.*

VOUS l'avez voulu, Monsieur le Baron ; mais je vous garantis que c'est du tems & du papier perdus.

LE BARON.

Que diable, Monsieur le Notaire, vous êtes d'un entêtement qui ne ressemble à rien.

LE NOTAIRE.

Cela, vous dis-je, n'est pas croyable.

LE BARON.

Ah ! quel homme ! vous allez voir. Ma belle Comtesse, tout est selon vos intentions ; vous serez contente ; les articles font tous dressés en votre faveur. Il ne reste plus d'autre formalité à remplir que celle d'apposer votre signature, & d'y joindre celle des témoins.

MARTON, *en riant.*

Comment, Monsieur le Baron, est-ce
que vous faites votre testament ?

LE BARON.

Qu'appelles-tu mon testament ? C'est bien
mon contrat de mariage.

LA COMTESSE.

Votre contrat de mariage ? Et avec qui ?

LE BARON.

Avec vous, mon adorable Comtesse,
avec vous.

LA COMTESSE.

Avec moi ?

LE BARON.

Sans doute.

LA COMTESSE.

Cessons ce badinage.

LE BARON.

Je ne badine point, je vous épouse.

LA COMTESSE.

Vous m'épousez ? Il est fort celui-là.

LE BARON.

C'est vous même qui le voulez. Deman-

dez à cette fille. Elle était avec vous… j'é-
tais-là moi ; j'ai tout entendu , il n'eſt plus
tems de s'en dédire.

LA COMTESSE.

Vous nous écoutiez donc ?

LE BARON.

Je venais ſans deſſein ; vous parlez de moi ;
je m'arrête ; vous avouez votre flâme pour
moi ; vous vous félicitez que le Notaire ſoit
ici ; je cours lui faire dreſſer le conrrat. Il eſt
tout prêt : il ne reſte plus qu'à ſigner.

LA COMTESSE.

Je vous demande bien pardon , Monſieur
le Baron ; mais c'eſt qu'en vérité je ne ſa-
vais pas que vous nous écoutiez.

LE BARON.

Que voulez-vous , le mot eſt lâché. Point
de fauſſe honte. Aux termes où nous en ſom-
mes elle ſerait déplacée.

LA COMTESSE.

Vous ne m'entendez pas.

MARTON.

Il y a du quiproquo , Monſieur le Baron.

LE BARON.

Comment du quiproquo ? Non, non ,
j'ai graces au ciel l'ouie excellente.

LA COMTESSE.

Si j'avais fu que vous fuffiez-là ?

LE BARON.

J'entends bien : la retenue du fexe...

LA COMTESSE.

C'eft qu'en vérité je ne fongeais aucune-
ment à m'unir à vous.

LE BARON.

Comment ?

MARTON.

Vous n'y entendez rien. C'était pour dé-
foler votre neveu.

LE BARON.

Mon neveu ?

MARTON.

C'eft lui que Madame époufe.

LA COMTESSE.

Marton !

MARTON.

Songez aux conféquences.

LE BARON.

Madame époufe mon neveu ; un libertin
qui eft actuellement à Paris à fe ruiner ?

MARTON.

A Paris ? Comme on aime à calomnier la
jeuneffe ! Le voilà votre neveu.

LISVAL.

Mon cher oncle !

LE BARON.

Que vois-je ? me trompé-je ?

MARTON.

C'eft bien lui. Voilà ce que fait faire
l'amour !

FRONTIN.

Je l'ai reconnu moi du premier coup.

LE BARON.

Et vous l'époufez ?

LA COMTESSE.

Il le faut bien.

LISVAL.

Que je vais vous aimer, ma belle Comteffe !

LE NOTAIRE.

A la bonne heure. Quand je vous difais,
Monfieur le Baron, que vous étiez dans
l'erreur.

LE BARON.

Mais que diable, madame, on n'enflamme pas un homme....

LA COMTESSE.

Je suis bien mortifiée.

LE NOTAIRE.

Il n'y aura qu'à substituer le nom de Marquis à celui de Baron. Les termes du contrat resteront les mêmes. Monsieur signera en qualité d'oncle & de tuteur. Il fera à sa niece future tous les avantages qu'il voulait faire à son épouse prétendue.

LE BARON.

Mais Monsieur le Notaire ?

LE NOTAIRE.

C'est plus dans l'ordre.

MARTON.

Qu'avez-vous Monsieur le Baron ? quel air férieux ! Blâmez-vous votre neveu ; pouvous-vous le désapprouver dans son choix ?

LE BARON.

Non ; mais en vérité il est bien dur de faire le personnage d'oncle, quand on est d'âge d'en faire un plus doux & plus convenable.

MARTON.

Que voulez-vous ? Votre neveu vous a
gagné de vîtesse, & voilà tout, sans quoi
Madame la Comtesse...

LE BARON.

Tu crois?...

LA COMTESSE.

Est - ce que vous m'en voudriez, mon
cher Baron ?

LE BARON.

Allons, allons, je vois bien que ce n'est
pas votre faute, & je sens qu'il faut que
je vous aime à quelque titre que ce soit.

LA COMTESSE.

Vous êtes bien aimable.

LISVAL.

Mon cher oncle !

LE BARON.

Paix, paix, Monsieur le coquin ! jouis-
sez de votre bonheur, & rendez graces
au ciel de ce que Madame ne m'a pas vu
le premier.

FIN.